AF363540

VENTE DU MERCREDI 21 JUIN 1899

HOTEL DROUOT, SALLE N° 7

à deux heures

ARMES ORIENTALES

ET EUROPÉENNES

Objets Variés

EXPOSITION PUBLIQUE

LE MARDI 20 JUIN 1899

DE 1 HEURE 1/2 A 5 HEURES 1/2

COMMISSAIRE-PRISEUR	EXPERTS
M° P. CHEVALLIER	**MM. MANNHEIM**
10, rue Grange-Batelière, 10	7, rue Saint-Georges, 7

412

CONDITIONS DE LA VENTE

Elle sera faite au comptant.

Les acquéreurs paieront *cinq pour cent* en sus des adjudications.

L'exposition mettant le public à même de se rendre compte de l'état et de la nature des objets, il ne sera admis aucune réclamation une fois l'adjudication prononcée.

Paris. — Imp. de l'Art, E. Moreau et Cᵢₑ, 41, rue de la Victoire.

DÉSIGNATION

ARMES ORIENTALES

1 — Sabre oriental avec fourreau de cuir rouge ; poignée
et garnitures en argent, à décor de rinceaux.

2 — Sabre oriental à lame courbe damasquinée ainsi que la
poignée.

3 — Deux pièces : glaive et sabre, poignée de fer ciselé
à rinceaux ; talon de lame gravé à inscriptions et personnages. Travail oriental.

4 — Deux sabres orientaux à lames courbes et poignées de
fer gravé à décor d'animaux et bustes.

5 — Trois sabres orientaux à lames courbes, poignées de
corne ; l'un avec fourreau de cuir.

6 — Sabre oriental à lame courbe, poignée de fer partiellement doré à décor de feuillages ; talon de lame orné
de même.

7 — Sabre oriental à lame courbe, poignée de cuivre gravé
et doré.

8 — Sabre oriental à poignée de corne et étoffe.

9-10 — Deux yatagans avec fourreaux, l'un à garnitures d'argent à décor de palmettes et fleurs, l'autre garni cuivre à arabesques.

11 — Sabre à poignée de caillou d'Égypte, fourreau d'argent.

12 — Poignard droit oriental à manche d'ivoire, muni d'oreilles ; incrustations de corail.

13 — Poignard droit oriental avec incrustations de corail ; fourreau en argent à imbrications.

14 — Poignard droit oriental à manche d'ivoire, et fourreau de velours rouge garni de fer ajouré et damasquiné ; lame en damas.

15 — Poignard oriental avec fourreau décoré de fleurs et rinceaux.

16 — Poignard oriental à pommeau à tête d'oiseau, fourreau de velours rouge ; manche et garnitures d'argent.

17 — Poignard oriental à manche d'ivoire, à décor de personnages.

18 — Poignard persan à manche d'ivoire, à personnages, avec fourreau de cuir noir garni argent.

19 — Poignard oriental à manche d'ivoire, fourreau de velours rouge.

20 à 22 — Sept poignards orientaux à lames droites ; manches en ivoire et corne ; l'un deux avec fourreau d'argent.

23 à 26 — Quatre poignards orientaux de même forme, mais de décors variés ; l'un d'eux à quadrillés et rinceaux garni argent.

27 — Deux couteaux à lames courbes s'élargissant vers la pointe. Travail oriental.

28 — Poignard turc à manche courbe, avec fourreau ; décor de motifs rocaille et petites cannelures.

29 — Trousse circassienne, garnie d'argent niellé, contenant deux couteaux à manches d'ivoire.

30-31 — Quatre rondaches variées, fer damasquiné et fer repoussé. Travail oriental et japonais.

32-33 — Sept brassards orientaux en fer gravé et damasquiné.

34-35 — Cinq casques orientaux, fer damasquiné et uni.

36 — Chanfrein en fer gravé. Travail oriental.

37 — Pique à lame de fer damasquiné. Travail oriental.

38 — Quatre fers d'armes d'hast à deux et trois pointes. Travail oriental.

39 — Cinq pièces : haches et marteaux d'armes variés. Travail oriental.

40 — Deux sabres indiens, l'un à poignée de bois, l'autre d'ivoire, avec garniture damasquinée.

41-42 — Trois sabres indiens à poignées de fer, dont deux dorées et une argentée ; pommeaux plats ; l'un d'eux sans fourreau.

43-44. — Trois cathars indiens variés.

45 — Coutelas indien à poignée d'ivoire sculpté et lame large partiellement dorée.

46 — Étui en jade. Travail indien.

47 — Quatre pièces : petit fer à lance, plaque de ceinture, étui et pulvérin, fer et cuivre. Travail oriental.

48 — Poignard à manche, décoré de têtes de dragons, avec fourreau en métal. Indo-Chine.

49 — Sabre à poignée d'ivoire sculpté, avec fourreau en bois, garnitures d'argent. Indo-Chine.

50 — Deux sabres à pommeaux arrondis ; fourreaux en velours vert, garni argent, et en bois, garni cuivre. Indo-Chine.

51-52 — Deux sabres à poignées de bois sculpté, lames en damas ronceux ; l'un d'eux avec fourreau. Indo-Chine.

53 — Sabre à poignée d'argent doré, pommeau en forme de tête de dragon. Indo-Chine.

54 — Deux sabres à poignées de fer ciselé à têtes de dragons. Indo-Chine.

55 — Deux poignards zanzibarites à pommeaux aplatis et lames recourbées à la pointe.

56 — Deux kriss malais à poignées de bois.

57-58 — Deux kriss à poignées d'ivoire, avec fourreaux, dont un d'argent et décoré d'inscriptions et d'arabesques.

59 — Paire de pistolets à silex, garnis d'argent niellé, canons en fer damasquiné. Travail circassien.

60 — Paire de pistolets à silex orientaux, garnis de cuivre argenté, à décor d'arabesques.

61 — Deux fusils orientaux à silex à canons damasquinés d'or ; crosse à pans, incrustée d'os et de cuivre.

62 — Deux fusils orientaux à silex, garnis l'un d'argent niellé, l'autre de cuivre ; talon de crosse en ivoire.

63 — Deux javelots japonais à manches burgautés.

ARMES DIVERSES

64 — Pistolet à rouet à fût et crosse incrustés de nacre, xviie siècle.

65 — Épée Louis XV à garde de fer ciselé à décor de trophées sur fond doré.

66 — Couteau de chasse Louis XVI, garni bronze.

67 — Sabre de garde du corps.

68 — Sabre américain à fourreau de bronze doré et poignée d'ivoire.

69 — Dague à poignée de fer incrusté d'argent à motifs Renaissance.

70 — Arbalète à jalet du xviie siècle.

71 — Pertuisane à lame de fer gravé avec traces de dorure, à motifs Renaissance.

72 — Bannière en soie brodée du XVIIe siècle.

73 — Armure de combat, composée de cuissards et brassards Louis XIII et de pansière, dossière, armet et défenses de jambes.

74 — Deux armets gravés à motifs Renaissance, feuillages, médaillons, personnages.

75 — Deux morions gravés à dessin Renaissance, composé sur l'un, d'amours et feuillages, sur l'autre, d'armoiries et rinceaux.

76 — Deux morions unis Renaissance.

77 — Deux casques à nasal, couvre-nuque **et visière** Louis XIII.

78 — Pansière à fleurs de lis Renaissance.

79 — Deux pièces : pansière et dossière unies.

80 — Trois épaulières.

81 — Deux brassards Renaissance variés, gravés, l'un à décor de feuillages, l'autre de tisons enflammés.

82 — Deux brassards d'enfants à quadrillés.

83 — Pertuisane gravée à l'aigle d'Empire.

84 — Pertuisane à fer uni.

85 — Hallebarde gravée.

86 — Rapière espagnole du XVIIe siècle, à corbeille repercée à décor de fleurs. (*Vente Fortuny.*)

87 — Rapière espagnole à coquilles ornées de feuillages et chimères ; lame signée.

88 — Épée à quillons droits, et pommeau orné de personnages Renaissance.

89 — Deux esclavones, l'une à pommeau de cuivre.

90 — Épée à quillons en S et coquille repoussée.

91 à 93 — Huit épées à poignées variées du XVIIe siècle.

94 — Épée à deux mains, poignée revêtue de cuir.

95 — Deux dagues, dites main-gauche, variées, à décor Renaissance.

96 — Hache.

97 — Rondache, à figures et feuillages Renaissance.

98 — Deux pulvérins en corne gravée.

99 — Épée à pommeau et coquille ajourés, et longs quillons droits ; décor de rinceaux et oiseaux.

100 — Épée à nombreuses branches de garde, quillons contournés et pommeau à torsade.

101 — Demi-armure en fer partiellement noirci.

OBJETS VARIÉS

102 — Diptyque en os ajouré, présentant dix-huit sujets saints, compris dans une monture de marqueterie de bois de couleur.

103 — Coffret plaqué de fer découpé à motifs gothiques; serrure ornée d'une figurine d'ange.

104 — Statuette en bronze : Diane, d'après *Houdon*.

105 — Statuette en bronze : Narcisse, d'après l'antique. Signée : *Amodio, Naples*.

106 — Trois statuettes : Musicien, en plâtre, et esclaves, en terre cuite.

107 — Quatre pièces : coquille, vase chinois, céramique; bouteille, verre noir, et plumier, métal.

108 — Support cylindrique cannelé en biscuit.

109 — Statuette en albâtre, de Bouddha.

110 — Statuette en bronze de Mercure. (Modèle.)

111 — Bas-relief argenté : Pieta.

112 — Neuf pièces : huit assiettes, porcelaine du Japon moderne, et compotier, dessin bleu, céramique moderne.

113 — Deux petits vases, porcelaine de Chine moderne, décorés de fleurs et oiseaux.

114 — Six pièces : deux coupes montées bronze ; trois pots de toilette, porcelaine de Chine moderne et jardinière, porcelaine du Japon, décor bleu.

115 — Six pièces : trois pitongs variés ; petite jardinière, porcelaine, et deux socles, bois.

116 — Statuette en bronze de faune, d'après l'antique.

117 — Deux coupes, bronze de Barbedienne : Jeux d'amours.

118 — Deux pièces : veilleuse et chèvre, en composition.

119 — Statuette en bronze de jeune fille debout drapée à l'antique.

120 — Statuette en bronze : Sapho.

121 — Deux figurines, bronze patiné et bronze argenté : Femme tenant un oiseau.

122 — Quatre pièces, bronze : porte-allumettes, figurine de Chinois et deux figurines : Moissonneurs et pêcheur.

123 — Petit cadre octogone, bois noir garni de cuivres : rinceaux et têtes de chérubins.

124 — Statuette en biscuit de Figaro.

125 — Figurine de femme assise en porcelaine de Saxe.

126 — Flambeau-cassolette, porcelaine et bronze.

127 — Petit buste de femme en bronze, base en marbre bleu-turquin.

128 — Deux pièces : plaquette en bronze, et petit cendrier en étain.

129 — Boîte en écaille noire décorée d'un émail Louis XVI, buste d'homme en grisaille.

130 — Boîte en écaille blonde, ornée d'une miniature : Léda et le Cygne.

131 — Boîte en écaille noire, ornée d'une miniature : Portrait de femme à mi-corps.

132 — Quatre miniatures : Portraits de femmes.

133 — Miniature : Scène tirée d'Alceste.

134 — Tabatière en cuivre, gravé et doré.

135 — Trois pièces : petit buste d'homme, plâtre, coupe, signée *Joseph Chéret*, et flacon, céramique.

136 — Neuf pièces : Huit gardes de sabres, fer et bronze, et boîte, bronze. Japon.

137 — Treize netsukés en bois. Japon.

138 — Treize netsukés en ivoire. Japon.

139 — Sept boutons japonais, ivoire.

140 — Six étuis japonais en os.

141 — Groupe en albâtre : l'Enlèvement d'une Sabine, d'après *Jean de Bologne*.